J. GAZAY

LE ROMAN DE SAINT TROPHIME

ET

L'ABBAYE DE MONTMAJOUR

(Extrait des *Annales du Midi*, tome XXV, année 1913.)

TOULOUSE
IMPRIMERIE ET LIBRAIRIE ÉDOUARD PRIVAT
Librairie de l'Université
14, RUE DES ARTS (SQUARE DU MUSÉE)
1913

J. GAZAY

LE ROMAN DE SAINT TROPHIME

ET

L'ABBAYE DE MONTMAJOUR

(Extrait des *Annales du Midi*, tome XXV, année 1913.)

TOULOUSE
IMPRIMERIE ET LIBRAIRIE ÉDOUARD PRIVAT
Librairie de l'Université
14, RUE DES ARTS (SQUARE DU MUSÉE)

1913

LE ROMAN DE SAINT TROPHIME

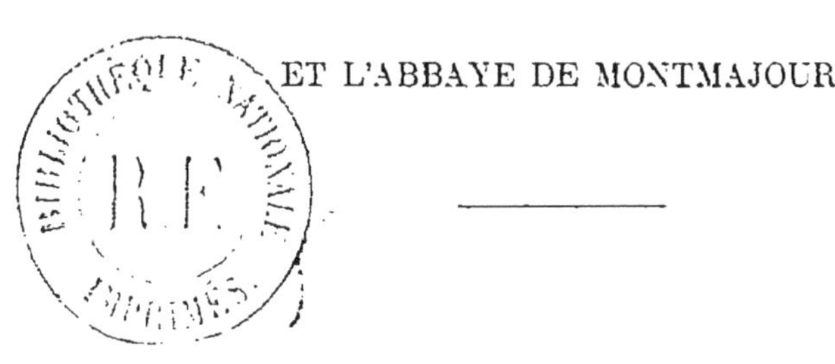

ET L'ABBAYE DE MONTMAJOUR

Des divers manuscrits dont s'est servi M. Zingarelli pour son édition du *Roman de saint Trophime*[1], il en est un qui mérite d'arrêter l'attention : c'est le fragment de la collection Asburnham, aujourd'hui à la Laurentienne de Florence, et qui a servi à constituer le texte, du vers 133 au vers 146. Dans ce passage sont énumérés les saints embarqués par les Juifs de Palestine sur le radeau qui, miraculeusement, devait aborder en Gaule, y apportant ainsi les semences de la foi. A côté de saint Trophime, grand premier rôle, figurent, outre la suite des noms pris à Grégoire de Tours et répétés à satiété par de nombreuses légendes, deux personnages que l'on est surpris de rencontrer ici : *saint Isidore* et *saint Anatols*[2] (*sic*).

Comment ces deux saints ont-ils été introduits dans le cortège du fondateur de l'église d'Arles?

Pour saint Isidore, la réponse est simple. Il y avait à Arles une vieille église, dépendance de Montmajour, mise sous cette titulature. La légende de saint Trophime ayant été

1. Publié dans les *Annales du Midi*, t. XIII (1901), p. 295.

2. « Doneron (saint Pierre et saint Paul) le companhon Isodore (ds. la copie N, de Naples : Isidore) | que aras l'apelam san Sille; | et lo segon fon *Anatols* lo bon, | que autresi fon liau et prodom: | et fon d'Ais avesque Maximin, | e d'Aurenga sant Eutropi atresi. | sant Satornin evesque de Tolose, | el decipol san Pal fon de Narbona: | a Perigor fon san Front enviat. | san Martial es Limoges intrat. | Aquels foron dicipols veramen de Jesu-Christ, so atrobam legen: | et mot d'autres que yeu non say contar et totz aquests sa passeron la mar. » (V. 133-146.)

écrite afin de célébrer la gloire religieuse d'Arles, un heureux hasard y a fait entrer le nom d'un saint qui servait de vocable à un sanctuaire de la ville. Soit. Mais pour saint Anatols?

Ce nom est peu familier à l'Eglise des Gaules. Sauf pour saint Anatole, évêque de Cahors (✝ 500)[1] et saint Anatole de Salins (Jura)[2], aucune tradition ne se rapporte à la mémoire d'un tel saint, pas plus dans la région arlésienne qu'en tout autre lieu de la France[3]. Il faut donc admettre qu'il a été introduit dans la compagnie où il se trouve à la faveur d'une confusion.

Cette hypothèse est naturellement suggérée par l'orthographe même du nom.

Ce nom est de trois syllabes sans *e* muet final, mais avec un *s* superflu[4]. Qu'il soit tel, ce n'est pas le fait d'une distraction de copiste. Le copiste a transcrit exactement ce qu'il avait sous les yeux. Malheureusement, le texte qu'il copiait n'était pas d'une parfaite calligraphie ou bien d'une parfaite conservation; il aura lu *Anatols* pour *Andéols*, et quiconque est habitué aux manuscrits du XIIIe siècle l'excusera facilement.

En effet, suivant la graphie de la Basse-Provence à cette époque, le *d* oncial, avec sa haste courte et repliée complètement sur la panse (ᴅ) peut aisément être pris pour un *a* (ɑ); et il suffit que dans l'*e*, dont la boucle est formée à sa partie supérieure par un trait horizontal dépassant fortement à gauche la barre verticale (ɛ), le délié de cette même boucle ait été légèrement effacé dans sa partie inférieure pour que

1. Voyez *Acta Sanctorum*, oct. 21, t. IX, p. 399.

2. *Ibid.*, feb., t. I, p. 357.

3. Un saint Anatole est mentionné au 25 septembre (*ibid.*, sept., t. VII, p. 14) comme ayant été moine dans l'île de Lérins vers la fin du Ve siècle, mais il est resté très obscur et nous ne savons rien de sa vie.

4. Notre auteur ne s'embarrasse guère des rigueurs de la métrique; on ne peut donc admettre que ce soit pour y satisfaire qu'il a fait le mot Anatol(e) de trois syllabes. D'ailleurs, au lieu d'écrire : « et lo segon fon Anatols lo bon », il eût pu écrire : « *lo segon fon Anatoles lo bon* », ce qui eût été en parfait accord avec la coupe ordinaire du décasyllabe provençal.

cette lettre fût prise pour un *t*, qui toujours, dans les manuscrits du XIIIe siècle de notre région, se présente sous la forme capitale ℭ[1]. *Saint Anatols* doit donc être remplacé par *saint Andéols*, qui est la bonne lecture.

Bien que le nom d'Anatole ne fût pas très commun dans l'Eglise romaine au moyen âge, néanmoins il était certainement mieux connu d'un scribe italien que celui d'Andéol, répandu surtout dans la partie inférieure de la vallée du Rhône[2], d'où sa présence dans notre texte.

1. Pour la graphie des trois lettres *d*, *e* et *t*, voyez surtout le bréviaire arlésien du XIIIe siècle de la Bibl. Nat., ms. lat. 1284. Les mêmes formes persistent encore au XIVe siècle; on les retrouve dans le bréviaire de cette époque, aujourd'hui également à la Bibl. Nat., sous la cote lat. 1040.

2. On le relève une fois dans le Gard, *Saint-Andéol-de-Trouillas* (c[ne] de Laval-Notre-Dame, c[on] de la Grand'Combe, arr. d'Alais); une fois dans la Lozère, *Saint-Andéol-de-Clerguemort* (c[on] de Pont-de-Montvert, arr. de Florac); cinq fois dans l'Ardèche, *Bourg-Saint-Andéol* (arr. de Privas), *Saint-Andéol-de-Bourlenc* (c[on] d'Antraygues, arr. de Privas), *Saint-Andéol-de-Fourchades* (c[on] de Le Cheylard, arr. de Tournon), *Saint-Andéol* (c[ne] de Pranles, c[on] et arr. de Privas); trois fois dans la Drôme, *Saint-Andéol* (écart de la c[ne] de Die), *Saint-Andéol* (c[ne] de la Batie-Roland, c[on] de Marsanne, arr. de Montélimar), *Saint-Andéol* (c[ne] de Claveyson, c[on] de Saint-Vallier, arr. de Valence); une fois dans l'Isère, *Saint-Andéol* (c[on] de Le Monestier-de-Clermont, arr. de Grenoble); enfin, une fois dans le Rhône, *Saint-Andéol-le-Château* (c[on] de Givors, arr. de Lyon).

Il existait à Paris une chapelle de Saint-Andéol, dont l'appellation altérée a donné Saint-André. Cette chapelle fut démolie et remplacée par une église dite de *Saint-André-de-Laas* (1228), devenue *Saint-André-de-Lars* (1238) et, définitivement, *Saint-André-des-Arts* (Berty et Tisserand, *Topographie historique du vieux Paris*. Région occidentale de l'Université, p. 123; Paris, 1887). L'abbaye de Saint-Germain prétendit un moment que la chapelle de Saint-Andéol avait été construite grâce à la faveur de Childebert pour entrer ensuite dans les dépendances de l'abbaye de Saint-Vincent, depuis Saint-Germain-des-Prés, et qu'à ce titre elle faisait partie de ses biens. Pour soutenir ses prétentions, elle produisit le diplôme souscrit par Childebert. Comme Usuard, moine de Saint-Germain, à son retour d'Espagne, en 858, s'arrêta à Bourg-Saint-Andéol, où il se fit donner des reliques du saint, et qu'il ne mentionne pas dans ses écrits la chapelle de Saint-Andéol de Paris, Le Beuf en a conclu qu'elle n'existait pas de son temps. Quicherat, après lui, a montré nettement la fausseté du diplôme de Childebert (*Bibl. de l'Éc. des Chartes*, XXVI, p. 524). Suivant Le Beuf, la construction de la chapelle date du XIe siècle. Quicherat la place au Xe; mais si l'on veut bien remarquer que Bourg-Saint-Andéol lui-même, lieu de vénération par excellence de la mémoire du saint, ne prend définitivement sa dénomination actuelle qu'à partir de 1053 (H. Courteault, *Bourg-Saint-Andéol, essai sur la constitution et*

Dans la région arlésienne, plusieurs lieux dits ont porté le nom de Saint-Andéol; le plus important est la commune actuelle de Saint-Andiol (canton d'Orgon, arrondissement d'Arles)[1].

L'abbaye de Montmajour y eut de très bonne heure des possessions. La plus ancienne, à ma connaissance, est mentionnée dans un acte de donation en date de 989, par lequel Pons de Châteaurenard et son frère Albert donnent à la dite abbaye « in villa sancti Andeoli » une manse avec toutes ses dépen-

l'état social d'une ville du midi de la France au Moyen âge, Paris, 1909, p. 10, n° 2), on admettra avec Le Beuf que l'existence de la chapelle parisienne ne doit pas remonter au delà du XI° siècle, époque où le culte de saint Andéol a été dans sa plénitude et peut s'expliquer à Paris.

L'altération du nom d'Andéol en celui d'André montre combien l'apôtre du Vivarais fut vite oublié sur les bords de la Seine. Sa légende semble y avoir été peu connue; d'ailleurs, elle est d'un caractère tout régional et ne pouvait guère intéresser les Parisiens. Comme elle offre des points de ressemblance avec la légende de l'émigration apostolique rapportée par le *Roman* et par là peut expliquer la facilité avec laquelle saint Andéol a passé dans celui-ci, il est bon de rappeler brièvement ce qu'est cette légende :

« Irénée, évêque de Lyon, apparut à saint Polycarpe, évêque de Smyrne, pour lui demander des disciples. Polycarpe désigna Andéol, les prêtres Andoche et Bénigne, le diacre Thyrse qui, s'étant embarqués à Smyrne, arrivèrent à Marseille pour monter ensuite vers Lyon, où ils se séparèrent. Andéol redescendit le Rhône jusqu'au lieu appelé « Bergoïata », aujourd'hui Bourg-Saint-Andéol. Il y répandait l'évangile avec ardeur lorsque l'empereur Sévère, passant dans le pays, le fit arrêter, tourmenter, puis jeter dans un cachot, situé sur la rive gauche du fleuve. La nuit, les anges lui apparurent, lui annonçant qu'il entrerait bientôt dans la gloire céleste. Le lendemain, l'empereur le fit comparaître à nouveau devant lui pour l'inviter à renier sa foi; tout effort restant vain, il lui fit briser le crâne de deux coups de casse-tête frappés en croix; après quoi, le corps, lié de chaines, chargé de pierres, fut jeté dans les eaux du Rhône. Les chaines se brisèrent, les pierres disparurent, et doucement le corps saint aborda sur l'autre rive, où le déposa une vague docile. Cinq jours il y resta, pur de toute souillure, environné d'une gloire de lumière, parmi les chœurs des anges. Une pieuse femme, nommée Tullie, le fit ensevelir dans un sarcophage païen et, sur le lieu même, enterrer à une grande profondeur. » (*Act. SS.*, mai, t. I, p. 35.)

Sur les divers autres lieux où la mémoire de saint Andéol fut honorée, voyez Rouchier, *Histoire du Vivarais*, t. I, p. 504 et suiv. (Paris, 1861.)

1. On trouve un mas de Saint-Andéol dans la Camargue; un écart de la commune de Barbentane porte également ce nom; une vieille chapelle ruinée de Saint-Andéol appartient à la commune de Boulbon. (De Gaucourt, *État descriptif de l'arrondissement d'Arles*; Amiens, 1871.)

dances[1]. L'un des signataires de cette donation, un certain Martin et sa femme Sigrade abandonnent la même année à Montmajour tous les biens qu'ils ont dans le même lieu[2]. En 1078, un seigneur, Pierre Renard, sa mère et sa femme Anguiline cèdent à l'abbaye le produit des dîmes sur toutes les denrées : vin, blé, bétail, etc., susceptibles d'être taxées suivant l'impôt de leur droit[3] dans les territoires de Besse[4], Joucas[5], Châteaurenard[6], Saint-André[7], Saint-Andéol.

En 1204, un privilège d'Innocent III confirme à la même maison « in episcopatu Avinionensi omnia jura et possessiones quas (habet) in villa Sancti-Andeoli et ejusdem territorio[8] ».

Tout près de là, mais sur la rive droite de la Durance, dans l'évêché de Cavaillon, en 988, une dame Ermengarde, ses fils Gauteaume, Guillaume, Pierre, Ronulphe, Hébert d'une part, Pons de Quiqueranne, ses frères Rostang, Pierre et Raimond d'autre part donnent au monastère arlésien une église de Saint-Andéol et ses dépendances sises « in villa Avillonicus »; Pons de Quiqueranne et ses frères abandonnent, en outre, les décimes à provenir de ce territoire[9]. Ces possessions sont confirmées par Innocent III (1204), l'empereur Othon IV (1210)[10], Frédéric II (1223)[11], Alexandre IV (1259)[12]. Dans un privilège de Calixte II (1122), toujours en faveur de Montmajour, se rencontre une autre

1. Voyez extrait dans *Monasticon Benedictinum*, t. XXIX, p. 9. (Bibl. Nat., ms lat. 12686.)
2. *Ibid.*
3. *Ibid.*, p. 29.
4. Arr. de Brignolles (Var).
5. C^{ne} de Gordes, arr. d'Apt (Vaucluse).
6. Arr. d'Arles (Bouches-du-Rhône).
7. Probablement Saint-André-de-Ramière, c^{ne} de Gordes (Vaucluse).
8. Chantelou, *Historia monasterii sancti Petri Montis-Majoris* (Bibl. Nat., lat. 13915, fol. 187 v°). — Potthast, *Reg.*, p. 201, 29 nov.
9. *Mon. Bened.*, *ibid.*, p. 9.
10. Chantelou, *ibid.*, fol. 186 v°; — Böhmer, *Reg. Imp.*, 5, p. 111, 29 mars.
11. Chantelou, *ibid.*, fol. 198 v°. — *Id.*, *ibid.*, p. 308, mai.
12. *Id.*, *ibid.*, fol. 321 v°.

église de Saint-Andéol, au territoire de Cairanne[1]; comme les précédentes, cette possession est mentionnée dans les confirmations pontificales postérieures.

On le voit, Montmajour a été particulièrement favorisé par les circonstances pour pouvoir entretenir le culte de l'apôtre du Vivarais.

A vrai dire, cette maison n'a pas été seule en Provence à jouir de ce privilège. Sa redoutable concurrente, Saint-Victor de Marseille, pour ne parler que de celle-là, a possédé également des biens mis sous le vocable de saint Andéol; mais ils furent de peu d'importance et doivent être écartés de la région arlésienne[2].

Quoi qu'il en soit, on resterait embarrassé pour deviner l'intérêt qui a fait placer saint Andéol à côté de saint Isidore, n'était le caractère tout local du *Roman de saint Trophime*.

Ce caractère restreint singulièrement le champ de nos investigations.

Il est bien évident que la présence du saint dans le *Roman* y a été introduite pour désigner à l'attention un sanctuaire ou une maison religieuse quelconque. L'église notoire du Bourg-Saint-Andéol, celle que nous avons indiquée au territoire de Cairanne, les dépendances de Saint-Victor ne peuvent être retenues, car elles ne répondent pas à la particularité de l'œuvre. Seules y souscrivent les dépendances de Montmajour établies jadis dans la commune actuelle de Saint-Andiol.

1. Chantelou, *ouvr. cité*, fol. 152 v°. — Jaffé, *Reg. Pontif. roman.*, 2e édit., t. I, p. 812, n° 7060, apr. 9.

2. Voyez dans Guérard, Marion et Delisle, *Cartulaire de Saint-Victor*, chartes 18, 110, 111, 122, 844, 846. — Les auteurs de la *Statistique des Bouches-du-Rhône* (t. II, p. 1120; Marseille, 1821) et, après eux, de Gaucourt *ouv. cité*, les continuateurs de l'abbé Constantin, *La sainte église d'Aix et Arles, paroisses des anciens diocèses d'Arles, Avignon et Marseille* (t. II, p. 167; Aix, 1911), ont identifié Saint-Andéol, possession de Saint-Victor, avec Saint-Andiol dans les Bouches-du-Rhône. Les éditeurs du *Cartulaire* ont bien relevé l'erreur primitive sans arriver pourtant à une juste indication du lieu. M. le chanoine Verlaque a montré que l'église et l'autel de Saint-Andéol dont il s'agit devaient être placés dans la c[ne] de Pourrières (Var). (Verlaque, *Supplément au dictionnaire géographique du cartulaire de Saint-Victor-de-Marseille*, dans *Bull. de la Société d'études de Draguignan*, t. XIX, 1891-92, pp. 171-72.)

Afin d'exercer les droits qu'ils tenaient des premiers seigneurs du lieu, les moines arlésiens fondèrent là, probablement de bonne heure, une *cella* dont on voit encore les ruines[1]. Sa situation dans le voisinage immédiat d'Arles convient pleinement à l'explication que nous venons de donner.

A n'en pas douter donc, c'est encore Montmajour qui, pour favoriser une de ses possessions, a placé, dans notre légende, saint Andéol auprès de saint Isidore.

Dans l'introduction qu'il a donnée à son édition du *Roman de saint Trophime*, M. Zingarelli a admis que cette œuvre était une sorte de réclame en faveur du cimetière des Aliscans. La présence de saint Isidore et de saint Andéol modifie sensiblement cette hypothèse. Il est vrai que ces deux noms, peut-être interpolés, ne se rencontrent que dans le fragment de Florence; malgré tout, ils indiquent que le *Roman* a été exploité par une maison religieuse au profit de ses intérêts. Fut-ce là primitivement le but du poème ou en avait-il un autre? C'est ce que nous révéleront ses traits essentiels.

Examinons-le dans la forme où il nous est parvenu.

Il est composé de deux parties bien distinctes :

La première constitue la légende hagiographique proprement dite; l'autre a pour sujet l'expulsion par Charlemagne des Sarrasins enfermés dans Arles. Ces deux parties ne sont reliées entre elles que par la présence tout accidentelle de

1. De Villeneuve, *Stat. B.-du-R.*, *loc. cit.* — En 1909, des travaux de réparation ayant été exécutés à l'église paroissiale de la localité, dont la nef principale remonte au début du XIIIe siècle, on découvrit vers l'abside un mur de chevet, reste d'une église plus ancienne, portant, sur un claveau, la date de 1019. La corniche qui surmonte ce mur offre d'étranges similitudes avec celle qui couronne l'église Sainte-Croix de Montmajour. (V. abbé Constantin, *loc. cit.*) Cette dernière ayant été édifiée vers la fin du XIIe siècle (cf. Brutails, *Note sur la date de la chapelle Sainte-Croix de Montmajour*, Paris, 1898), il faut admettre, chez les constructeurs des deux édifices, le souci de se conformer à des traditions architectoniques qui, à deux siècles d'intervalle, pourraient bien être la marque d'un même atelier.

saint Trophime dans le récit épique : on pourrait croire que la composition, dans son ensemble, a été formée de deux fragments issus d'œuvres complètement étrangères l'une à l'autre et que le caprice d'un scribe aurait réunis avec maladresse. Pourtant, à examiner le texte d'un peu près, on y reconnaît des préoccupations directrices qui donnent à l'œuvre une unité d'origine bien marquée.

La légende débute par un étrange préambule : c'est une diatribe contre les anciens possesseurs de la vénérable nécropole des Aliscamps, qui

> ... per lur delieg et per lur avareza
> an perduda la renda que avien
> en Alisquams..... (v. 14-16).

perte peut-être méprisable, mais dont auraient dû se préserver les gardiens d'un lieu aussi saint. Ils sont blâmables de ce chef, d'autant que leur négligence s'est aggravée du mauvais esprit dont ils ont fait preuve en oubliant le souvenir de l'illustre consécration des Aliscamps par Jésus-Christ lui-même et en le remplaçant par de fausses légendes. C'est pour faire justice de ces méchantes histoires que notre auteur va nous raconter la vie de saint Trophime, récit dans lequel nous le suivrons rapidement.

Après l'Ascension de Notre-Seigneur, les chrétiens devenant trop nombreux en Judée, les Juifs les persécutèrent; ils en firent périr un grand nombre. Saint Trophime et les autres évangélisateurs déjà indiqués, suivis de sainte Marie-Madeleine et de sainte Marthe, quittèrent ainsi la Terre-Sainte, exposés aux fureurs de la mer sur un radeau mal ajusté[1]. Un miracle les fit aborder sur les côtes de Provence dans la « Ville de la Mer ». Là, après avoir rendu grâces à Dieu, ils dressèrent un autel de terre, au pied duquel ils ensevelirent deux de leurs compagnes qui venaient de mourir; avant de

1. Ce début, compris entre les vv. 78 et 112, est traduit exactement de la légende de sainte Marthe transmise par Mombritius. (V. mon étude *Sur l'origine des traditions hagiographiques des Saintes-Maries-de-la-Mer*, dans *Annales du Midi*, t. XXI, 1910, p. 293.)

se séparer, ils élevèrent sur le même lieu une belle église dédiée à la Vierge Marie, ainsi qu'un beau moutier.

Par la suite, sainte Marthe évangélisa Tarascon; elle y fut tant écoutée que bientôt s'imposa le besoin d'une grande église pour ses fidèles. On la construisit. Pour la solennité de la consécration, Marthe mande les saints Trophime, Maximin et Eutrope, qui obéissent à l'appel.

L'église consacrée, Trophime retourne à Arles où, sans doute, Maximin et Eutrope le suivent, car on les trouve réunis derechef avec leurs premiers compagnons pour assister à la bénédiction du cimetière des Aliscamps par Jésus-Christ[1]. Ce nouveau miracle accompli, le saint fondateur de l'église arlésienne poursuit son apostolat : il prêche, il évangélise, il convertit.

N'ayant pu bâtir un temple dès son arrivée, il a logé les fonts baptismaux dans une étable du gouverneur de la région, homme bon qui s'est fait chrétien. Sous sa protection, Trophime construit enfin l'église désirée, qu'il dédie à la Vierge Marie; mais elle devient rapidement insuffisante, si bien que le projet d'un édifice plus important doit être envisagé sans délai. Le saint sollicite l'aide des notables du pays; il recueille assez d'argent pour payer les frais d'une châsse, dans laquelle sont placées les reliques de saint Étienne qu'il va présenter au roi résidant à Lyon.

Ce roi l'accueille avec bonté; lorsqu'il connaît sa qualité et a entendu sa requête, il lui offre le palais qu'il possède à Arles pour en faire un lieu de prière. Le saint le remercie, repart pour Arles; la bienveillance du roi lui vaut encore de nombreuses libéralités de la part de ses fidèles, si bien qu'il devient assez riche pour construire un vaste sanctuaire et

1. Tout le passage qui commence avec la fondation de l'église de Tarascon par sainte Marthe pour se terminer par l'ascension de Jésus-Christ après la consécration des Aliscamps (vv. 159-240) a été traduit également de la légende de sainte Marthe. M. A. Thomas en avait signalé à Chabaneau une copie insérée dans un opuscule faisant partie d'un ms. latin de la Bibl. Vaticane (lat. 965) exécuté en 1360 et presque entièrement composé d'œuvres de Bernard Gui. (Chabaneau, *Le Roman d'Arles*, p. 80 et suiv.; Paris, 1889.)

un moutier, tout près de la première chapelle placée sous l'invocation de sainte Marie. Dans la nouvelle église, il fait élever un autel à son cousin germain saint Étienne, premier martyr.

Le saint ayant terminé ses travaux, le bon roi vint à Arles pour visiter ses États. Saint Trophime alla à sa rencontre et tous deux, heureux de se revoir, entrèrent joyeusement dans leur bonne ville. Le lendemain, le saint catéchisa le roi et lui fit confesser la foi, le baptisa ainsi que son fils : nouvelles largesses de terres et de châteaux; les habitants se convertirent en masse[1].

Le roi parti, Trophime œuvra le plus qu'il put suivant son sacerdoce, c'est-à-dire convertit, baptisa, accomplit de nombreux miracles semblables à ceux que nous rapportent quantité d'autres légendes hagiographiques. Après sa mort, il fut inhumé dans le premier oratoire qu'il avait construit, dédié à la Vierge Marie; entre temps, néanmoins, saint Pierre lui octroyait le privilège de la primatie.

1. Cette longue narration de l'établissement de saint Trophime à Arles, comprise entre les vv. 325 et 458, est la traduction d'une légende latine qui nous a été conservée par deux mss. : le bréviaire du XIIIe siècle (Bibl. Nat., ms. lat. 1018, fol. 270 v°) et le bréviaire du XIVe siècle (Bibl. Nat., ms. lat. 752, fol. 82 r°). Le premier de ces livres est bénédictin. Les leçons de l'office de l'invention des reliques de saint Etienne, empruntées à la composition bénédictine connue sous le nom de lettre de Lucien, est, en la circonstance, une preuve suffisante; car, à l'époque où fut rédigé notre bréviaire, la métropole d'Arles, qui, jusqu'aux environs de 1152, fut mise sous la titulature de saint Étienne pour, ensuite, être placée sous l'invocation de saint Étienne et saint Trophime, usait, pour célébrer la fête de l'invention des reliques du premier martyr, de leçons toutes spéciales, ne ressemblant en rien à l'œuvre du pseudo-Lucien. [Voyez Bibl. Nat., ms. lat. 1040, un bréviaire arlésien du XIIIe s. qui ne contient pas moins de trois offices en l'honneur de saint Étienne : « in natale » (fol. 21 r°), « in festivitate » (fol. 192 r°), « in inventione » (fol. 235 r°).] Le bréviaire du XIVe s. (lat. 752) est sorti de la cathédrale. (Voyez p. 21, n. 1). La légende latine qui se rencontre dans ces deux livres servait aux lectures de l'office de saint Trophime. Le texte du ms. 1018, divisé en neuf leçons, s'arrête à l'aménagement par le saint des fonts baptismaux dans une étable; dans le ms. 752, la légende est complète, bien que divisée également en neuf leçons. L'abbé Narbey a publié les six premières leçons de 1018 (*Supplément aux Acta Sanctorum* des Bollandistes, Paris, 1899, p. 19). Mais, convaincu que la légende de saint Trophime ne pouvait contenir de « suppositions aventureuses », il a négligé les trois dernières. Il ignore le ms. lat. 752.

Trophime mort, Arles connut les pires revers. Lorsque l'empereur Constantin y arriva, ce n'était que décombres; il n'y rencontra plus homme ni femme, sauf dans l'église et le grand monastère fondés par saint Trophime. L'empereur reconstruisit la ville, la munit de murs et de tours solides, et l'appela Constantine en mémoire de ses bienfaits. Plus tard, son corps fut transporté aux Aliscamps pour y servir à l'édification des pieux visiteurs; Charlemagne fut de ceux-là[1].

La partie hagiographique est terminée; vient ensuite le fragment relatif aux exploits de Charlemagne contre les Sarrasins.

Il est inutile d'en faire le sommaire; bien souvent déjà, il a été analysé; Chabaneau, dans l'appendice au *Roman d'Arles* qu'il a édité, en a parlé abondamment[2]. Néanmoins, il est une particularité que nous ne pouvons passer sous silence, et c'est celle que nous avons considérée comme établissant un lien entre les deux parties de la légende.

Charlemagne, après avoir vaincu les Sarrasins, s'éloigne d'Arles. Non loin de là, un écuyer se prend de querelle avec l'archevêque Turpin, à qui il donne un tel coup sur la joue que le saint homme s'en va criant par tout l'ost. Charles, apprenant ce qui s'est passé, condamne l'écuyer et neuf de ses parents à être pendus. On prépare les instruments du supplice, des fourches, qui donneront au lieu d'exécution le nom de Fourchons.

Les condamnés, avant de mourir, demandent la grâce de dire leur dernière prière dans l'église Sainte-Marie, où repose le corps de saint Trophime; on les y conduit. Ils y font leurs dévotions, implorent la Vierge, se recommandent corps et âme au saint, puis sont ramenés aux Fourchons où

1. « Et anb aytant .j. homs novelhas aportet | que Costantins que fon del mont l'emperador, | ffo sebelit en Alisquams an grant honor : | An lo rey Contastin aporteron laïns | gare de cavalliers, e Poiles et Romans, | an grans prosesions el sementeri sans : | e son tug sebelitz si com homes-honratz. | Cant Carle a auri, mot lo moc pietat. | per las armas d'aquells mot deniers a donat; | XII m. onsas d'argent als besonhos, atrestant bezans d'aur per Dieu lo glorios | » (vv. 783-793).

2. Chabaneau, *ouvr. cité*, appendice, p. 73 et suiv.

ils subissent leur peine. Mais le saint leur vient en aide; il les sauve de la mort, et même les protège de la chaleur du jour et de la fraîcheur de la nuit par un nuage suspendu au-dessus de leurs têtes. Les Sarrasins reviennent, assaillent Charlemagne, qui les poursuit et les défait encore. L'ost de l'empereur repasse à nouveau près des Fourchons; un soldat, se rappelant les condamnés, se dirige vers le lieu de leur supplice où il exhale la plainte de ses regrets. Mais les pendus le consolent en lui déclarant qu'ils n'ont aucun mal, qu'ils ont été sauvés par Dieu et saint Trophime. Le soldat, épouvanté, s'enfuit, courant vers l'armée. On lui demande ce qui lui est arrivé; sur son récit, ses compagnons d'armes vont s'assurer du prodige : les condamnés leur expliquent comment saint Trophime les a protégés. Charlemagne, bien entendu, finit par être instruit du miracle. Il mande Turpin pour l'inviter à s'enquérir de la vérité et à dépendre les suppliciés, le cas échéant. Turpin va, les dépend, puis les présente à l'empereur. Charles, plein d'allégresse, leur dit qu'il va les adouber chevaliers afin de les arrenter en terre et en argent. Mais les miraculés ne veulent plus porter lance ni écu; ils n'ont que faire, disent-ils, de terre et de mesnie; ils seront moines pour leur salut, et ce qu'ils possèdent, ils le donneront à leur monastère, à saint Trophime. L'empereur cède volontiers; ils s'en vont alors pleurer au tombeau du saint, l'assurer de leur foi et se faire ses hommes liges.

C'est la fin de la légende proprement dite. Pour lui donner plus d'autorité, on l'a fait suivre, probablement bien plus tard, d'une sorte de supplément où il est fait allusion aux actes émanant de Rome qui ont consacré l'apostolat du saint, particulièrement aux privilèges octroyés par le pape Zozime (417-28) en faveur de l'archevêque Patrocle; dans cette partie, il est également parlé de la translation, en 1152, des reliques de saint Trophime de l'église Saint-Honorat à la cathédrale.

Trois établissements religieux arlésiens ont pu célébrer saint Trophime dans les termes que nous venons de résumer :

L'église métropolitaine d'Arles;

Saint-Honorat des Aliscamps, prieuré de Saint-Victor de Marseille;

L'abbaye de Montmajour.

La métropole revendiqua les reliques de saint Trophime dès une haute époque. Elles sont mentionnées dans plusieurs de ses actes : en 972, 1020, 1030[1]; mais, en 1078, elles étaient déjà à Saint Honorat, car aucun document ne les signale plus comme faisant partie de la cathédrale. Malgré tout, cette dernière veilla toujours à ne pas laisser oublier le privilège primatial qu'elle tenait de son fondateur.

En 878, l'archevêque Rostaing en sollicita la restauration auprès du pape Jean VIII, alors de passage à Arles, et l'obtint : le pape avisa Otrame (876-884-85), successeur de saint Adon à Vienne, ainsi que tous les autres évêques, de sa décision[2].

Aux environs de 1120, lorsque fut exécutée la transcription remaniée du martyrologe d'Adon, connu sous le nom de *Martyrologe d'Arles-Toulon*[3], l'église d'Arles fit subir au texte les modifications utiles à ses prétentions. C'est ains qu'au 27 juin, la notice consacrée à saint Crescent, premier évêque de Vienne, est habilement tronquée de toute la partie rappelant que Crescent fut un disciple immédiat des apôtres; par contre, au 6 juillet, l'article relatif à saint Paul est abon-

1. Cités par Labande, *Étude historique et archéologique sur saint Trophime d'Arles*, p. 44, Caen, 1904; d'après Albanès et Ul. Chevalier; *Gallia christiana novissima*, Arles, *passim*.

2. D. Alex. Grospellier, *Mélanges d'hagiographie dauphinoise*, dans *Bull. d'hist. ecclés. et d'archéol. religieuse*, XXe année, 1903, p. 181. — Jaffé, *Reg.*, 2e édit., n° 3149.

3. D. Morin plaçait la composition définitive de ce martyrologe vers la fin du XIe s. (D. Morin, *Un martyrologe d'Arles antérieur à la tradition de Provence*, dans *Rev. d'hist. et de litt. religieuse*, t. III, p. 11.) Après une étude attentive, M. G. de Manteyer en a fixé la dernière transcription vers 1120. Écrit d'abord pour l'église de Lyon dans le cours du IXe s., il aurait passé, vers le début du XIe s., en Italie, pour arriver dans les environs de 1120 en Provence, où il subit les remaniements nécessaires pour une adaptation au culte des saints de la région. (G. de Manteyer, *Les légendes saintes de Provence et le martyrologe d'Arles-Toulon*, Rome, 1897, paginé 481-489; extrait des *Mélanges d'archéol. et d'hist. publiés par l'École française de Rome*, t. XVII.)

damment interpolé de détails sur saint Trophime et sur le privilège que tient de lui la cité d'Arles. Adon avait mis sur un pied d'égalité Arles et Vienne; le transcripteur, lui, s'est soucié d'établir l'avantage en faveur d'Arles : il a conservé à Trophime l'honneur d'avoir été de la suite des apôtres, mais cet honneur, il l'ôte à Crescent[1].

Cette vigilance à rappeler sans cesse la haute investiture de l'église métropolitaine d'Arles provoqua de bonne heure, chez elle, une littérature assez considérable sur saint Trophime.

Il nous en est resté bon nombre de documents qui vont s'échelonnant du XIe au XIVe siècle. Ils peuvent se répartir en deux catégories :

1° Pièces diplomatiques authentiques ou apocryphes;

2° Compositions légendaires.

La première catégorie est représentée par un seul manuscrit : c'est un beau recueil du XIIe siècle, aujourd'hui à la Bibliothèque Nationale de Paris, où il figure sous la cote : lat. 5537[2]. Rien, parmi les pièces qui le composent, ne rappelle les données de l'œuvre que nous venons d'examiner.

La seconde catégorie est plus riche. Elle nous est fournie par un ensemble assez important de livres de chœur, lectionnaires, antiphonaires, bréviaires, qui tous contiennent des notes plus ou moins longues composant le texte d'antiennes, répons, leçons en usage dans l'office de saint Trophime.

Deux versions ont été exploitées pour la composition de ces textes liturgiques.

La plus ancienne nous est parvenue dans un lectionnaire du XIe siècle ayant jadis appartenu à la chapelle de l'Archevêché (B. N., lat. 5295, fol. 1 r°)[3]. Au temps où fut rédigé le livre, aucune tradition légendaire, autre que celle consacrée par le pape Zozime, n'était encore admise : le texte en témoigne.

1. D. Morin, *ibid.*, p. 19.

2. Ce livre, cité par Mgr Duchesne (*Fastes épiscopaux de l'ancienne Gaule*, t. I, p. 144, n. 7, édit. de 1907), a passé par les mains de Saxi, qui s'en est servi pour écrire son *Pontificium Arelatense*.

3. Cf. Duchesne, *ibid.*, p. 251.

Sur le thème de ses leçons et à une époque assez difficile à déterminer, mais certainement avant le XIIe siècle, fut exécutée la rédaction d'antiennes et répons qui nous a été conservée, pure de toute autre influence, dans un bréviaire du XIVe siècle sorti du chapitre (B. N., lat. 1040, fol. 199 r°)[1]. Cette composition, pas plus que la précédente, n'offre aucun détail qui puisse être rapproché de ceux contenus dans le poème provençal.

L'autre version nous a été transmise par un lectionnaire du XIIe siècle (B. N., lat. 793, fol. 7 v°.). Le livre n'a certainement pas appartenu à la cathédrale : il est d'origine bénédictine[2]; mais sa notice fut de bonne heure reçue par l'ordinaire. Elle est plus riche que les deux précédentes en trouvailles légendaires. En voici le résumé :

Hyrcan, roi de Judée, eut quatre filles. L'une d'elles, s'étant mariée, suivit son mari quelque part en Asie; elle y eut un fils nommé Trophime. Par la suite, Trophime fut envoyé auprès d'une tante, demeurée en Judée, pour s'y consacrer à l'étude. En compagnie de saint Étienne et de Nicodème, il fut élève de Gamaliel, puis devint l'ami fidèle de saint Paul. Avec ce dernier, il se consacra à la prédication de l'évangile, le suivit dans ses voyages; quant au reste, l'épître de saint Paul à Timothée en fait les frais, ainsi que la légende de son apostolat en Espagne. Ici encore, aucun point de commun avec le *Roman*.

De la combinaison de cette version et de la forme psalmodique de la première, dérivent toutes les autres notices ren-

1. L'abbé Narbey, se basant sur la forme d'antiennes et répons que revêt cette dernière composition, conclut qu'il faut la faire remonter au VIe s., époque à laquelle se sont généralisés les antiennes et répons pour célébrer dans l'Église romaine les louanges des saints. (Narbey, *loc. cit.*) Malheureusement, cette forme ne signifie rien par elle-même; elle a été fréquemment employée, jusqu'au XIIIe s., pour soumettre aux exigences chorales des textes d'époque tardive écrits primitivement pour servir à de simples leçons.

On rencontre les premiers fragments de la rédaction qui nous intéresse dans un antiphonaire du XIIe s. (Bibl. Nat., lat. 1090, fol. 131 r°.)

2. Même remarque que ci-dessus, p. 14, n. 1. — Invention des reliques de saint Étienne, fol. 119, r°.

fermées dans les livres qui nous intéressent : l'antiphonaire du XIIe siècle (B. N., lat. 1090, fol. 131 r°.), l'antiphonaire du XIIIe siècle (B. N., lat. 1091, fol. 7 v°.), le bréviaire contemporain de ce dernier livre (B. N., lat. 1284, fol. 312 v°.), le bréviaire du XIVe siècle (B. N., lat. 1037, fol. 216 r°).

Quelques-unes de ces notices sont singulièrement développées[1]; cependant, aucun indice ne peut être relevé qui permette d'en rapprocher le moindre passage de notre légende.

A nous borner à ces documents, l'on pourrait affirmer que si quelque clerc de la cathédrale collabora à la composition du *Roman de saint Trophime*, ce fut en y apportant les produits de son imagination ou les inventions rencontrées dans quelques légendes étrangères à son église. Mais il y a un autre livre, ayant certainement appartenu à la cathédrale, dont le texte des leçons sur saint Trophime se retrouve en entier dans la composition de langue vulgaire. Ce livre, nous en avons déjà parlé ; c'est le bréviaire du XIVe siècle, aujourd'hui à la Bibliothèque Nationale sous la cote lat. 752[2].

Le scribe qui l'a transcrit, entre 1343 et 1347[3], l'a signé; il cite même les saints de sa dévotion : c'était un nommé Jean de Foligno, qui exécuta son travail par la grâce de sainte Marie et de saint Antoine[4]; il appartenait certainement au chapitre, qui était de la règle de saint Augustin, puisque

1. Particulièrement celle fournie par les mss. 1091 et 1284.

2. v. p. 14, n. 1.

3. Cf. Albanès, *Gal. Christ. nov. Arles*, col. 1118, n° 2852.

4. Albanès a emprunté à Baluze, qui l'a publiée pour la première fois (*Vita Paparum Avinionensium*, t. I, col. 819), la note de J. de Foligno. Nous la donnons ici à nouveau, après collationnement sur le texte, suivant la transcription du vieil historien :

« Sanctæ ac [individuæ] Trinitati, cujus sapientis potentiæ gratia sancta cujuslibet inceptio provenit operis atque finis, et beatissimæ Virgini, necnon et beato Antonio confessori, cujus devotioni afficior, perennibus referta benedictionum laudibus, gloria et honore, de hujus Breviarii venerabilis et circumspecti viri dni. Galhardi de Bedach, decretorum doctoris, prepositi Arelatensis, rev. in Christo patris et domini d. Ademari Roberti tit. s. Anastasiæ presbiteri cardinalis, auditoris, futuri episcopi, domini mei præcipii scripturæ perfectione, per me Johannem Corradi de Fulgineo, notarium, scripti, infinitarum sic actio gratiarum.

dans la rubrique du Propre des Saints, il invoque ce bienheureux[1]; c'était aussi un clerc ayant de grandes sympathies pour Montmajour, comme l'indique sa dévotion à saint Antoine[2].

La complète indépendance du livre que nous lui devons

1. « ... Ad honorem Domini nostri Jesu-Christi et beatissimæ Virginis Mariæ et beati Stephani, beati Trophimi, beati Augustini : Incipit breviarum secundum consuetudinem sanctæ Arelatensis ecclesiæ. » (Fol. 51 r°.)

2. Les moines de Montmajour conservèrent, dans leur prieuré dauphinois de Saint-Antoine-de-la-Motte, les reliques du père des cénobites de la fin du XIe s. jusqu'en 1290. Mais, en cette année, ils furent expulsés de leur possession par les hospitaliers établis près de leur maison pour donner leurs soins aux malades atteints du feu des ardents, lesquels étaient attirés en grand nombre par les guérisons miraculeuses qui s'accomplissaient auprès des reliques. Les moines prétendirent, par la suite, avoir emporté ces reliques dans leur abbaye d'Arles; les hospitaliers affirmèrent au contraire les avoir toujours en leur possession; des procès sans fin s'ensuivirent en cour de Rome; finalement, les hospitaliers en sortirent victorieux en 1495.

Dans le cours du XIVe s., les prétentions des moines arlésiens à posséder les reliques ne rencontrèrent pas beaucoup de créance. De solennelles visites furent faites à celles de saint Antoine de la Motte : le dauphin Henri se trouve en ce lieu le 25 juillet 1324; le neveu de ce dernier, Guigue VII, y vient le 17 avril et les 19-23 octobre 1332; le dauphin Humbert II y passe le jour de l'Assomption en 1339; en 1355, l'empereur d'Allemagne, descendant vers Avignon pour voir le pape Urbain V, s'y arrête; peu de temps après, ce fut le tour du roi de France, Charles V. (D. Dijon, *L'église abbatiale de Saint-Antoine en Dauphiné*, p. 129.)

Si donc Jean de Foligno, clerc de l'église d'Arles, professait pour saint Antoine la dévotion qu'il nous dit, c'est assurément qu'il était intimement lié à Montmajour.

Le culte de saint Antoine paraît y avoir été fort en honneur, même au temps de la plus grande vogue de celui que l'on rendait au même saint en Dauphiné. Un acte communiqué au Concile de Bâle (1431-38) l'atteste. Voici l'extrait essentiel de cette pièce, d'après Dassy, tiré du Cartulaire de Saint-Antoine, appartenant aujourd'hui au fonds latin de la Bibl. municipale de Lyon : « ... Villæ Sancti-Antonii hæc donatio... probatur ex translatione sancti Antonii... *apud legitur in festo translationis benedicti Antonii in monasterio Montismajoris et in abbatia modo sancti Antonii...* » (Dassy, *Le trésor de l'église abbatiale de Saint-Antoine*, p. 142, n° 1.) Sur l'histoire des reliques de saint Antoine de Viennois, voyez les ouvrages de l'abbé Dassy : *L'abbaye de Saint-Antoine, essai historique*, Marseille, 1844; *Le trésor de l'église abbatiale de Saint-Antoine*, Marseille, 1855. Ces livres ont beaucoup vieilli, mais peuvent encore rendre des services. Consulter surtout D. Dijon, *L'Église abbatiale de Saint-Antoine en Dauphiné*, Paris, 1902.

Sous peu, je publierai une étude sur la formation de la légende de la translation en France des reliques de saint Antoine.

envers tous les autres déjà notés et qui, eux aussi, appartenaient en majeure partie à la cathédrale, porte à faire quelques réserves sur la canonicité de la légende qu'il renferme. En somme, — ce dernier texte tardif mis à part, — nous ne pouvons rien tirer de ceux en usage dans la métropole.

Voyons si l'analyse du *Roman* nous donnera de meilleurs résultats.

Dans toute l'œuvre, la seule église importante et qui compte, c'est l'église Sainte-Marie, c'est-à-dire la chapelle construite par Trophime lors de son arrivée à Arles. Quand le saint, grâce aux libéralités reçues de toutes parts, élève un vaste sanctuaire, c'est à côté de cette modeste chapelle qu'il le fait bâtir, sans lui donner aucun nom. Il est bien dit qu'il y fit élever un autel en l'honneur de saint Étienne, mais rien n'indique que l'église ait pris le nom de ce saint : les choses se passent comme si le nouvel édifice était mis sous le patronage de la chapelle Sainte-Marie. C'est dans cette chapelle que Trophime accomplit ses dévotions ; c'est là que l'on vient le chercher pour implorer son secours ; c'est là encore qu'il se fait enterrer.

Ce dernier point a son importance.

D'après l'acte de 972 que nous avons signalé, les reliques du saint reposaient à cette date dans la cathédrale : aucun document n'indique qu'auparavant elles aient été ailleurs[1]. Si donc le *Roman* avait été écrit en faveur de la cathédrale, on n'eût pas manqué de mettre en bonne place le privilège de ce premier dépôt. D'autre part, il est à remarquer que le premier archevêque d'Arles n'est cité qu'une seule fois avec son titre d'autorité diocésaine, et c'est dans la partie supplémentaire faisant suite à la légende[2]; partout ailleurs, il est appelé

1. *Le martyrologe d'Arles-Toulon* (édit. Albanès, *Gallia christ. nov.*, Arles, n° 9) affirme bien qu'elles reposèrent primitivement dans l'église Sainte-Marie, construite par saint Trophime, mais pour les raisons indiquées plus haut (v. p. 17, n. 3), nous ne pouvons faire état de cette relation.

2. « Els li deron poder que fos papa segons | en totas las provinças que son de sa los mons. | Tot aquest grand poder san Tropheme gardet | aytant com fon *evesques* ni aytant com visquet. » (V. 953-956.)

Trophime le baron, le corps saint, le bon compagnon : toutes qualités estimables, mais qui ne confèrent rien du prestige archiépiscopal.

Sans doute, les instances pressantes faites par l'auteur auprès de tous ceux qui, pour leur salut, vont cherchant Dieu « à pied et à cheval » (v. 1004),

> « ... aquels que lo mont volran avironar
> per trebalhar lo cors ni per Dieu gazanhar... » (v. 1005-1006)

de venir à Arles en pèlerins, où ils trouveront ce qu'ils désirent, permettraient à la rigueur de voir dans notre légende une réclame en faveur de la cathédrale. Mais n'importe quelle maison religieuse arlésienne, prétendant se réclamer des reliques ou du souvenir de saint Trophime, pouvait faire le même appel. Donc, pas plus que le reste, il ne peut constituer un argument en faveur de l'influence de la métropole sur la composition du *Roman*.

Que reste-t-il qui atteste cette influence? Rien. Ou plutôt, il reste la possibilité de la lui attribuer, à condition que nous ne rencontrions pas de meilleurs éléments d'attribution au profit de saint Honorat ou de Montmajour.

Saint Honorat avait de sérieux motifs de propager par des légendes la gloire de saint Trophime.

Dès le XIe siècle, le prieuré de Saint-Victor de Marseille était bénéficiaire en grande partie du cimetière des Aliscamps[1]. Les revenus qu'il en retirait devaient être considérables : un acte de 1166 démontre qu'ils lui furent énergiquement disputés puisque, d'après les termes de cet acte,

1. Saint Honorat passa aux moines de Saint-Victor par donation de l'archevêque d'Arles Rambaut de Reillane en 1040-1044. (Cf. Albanès, *ouvr. cit.*, col. 155, n° 363; — Guérard, *Cart. de Saint-Victor*, t. I, p. 176, n° 151.)

En 1113, Paschal II cite parmi les possessions qu'il confirme à saint Victor les églises arlésiennes des saints Genès et Honorat, de saint Pierre et de la Trinité de Falabreguier, des saints Serges et Bacchus, toutes églises situées dans les Aliscamps. (Guérard, *ibid.*, t. II, p. 234, n° 848.)

l'archevêque Raimond de Bollène répartit les bénéfices provenant des inhumations entre saint Honorat et les chanoines de son chapitre[1]. A cet avantage, les moines marseillais établis dans Arles joignirent celui d'être, pendant soixante-quatorze ans, les détenteurs des reliques de saint Trophime : le guide de saint Jacques convie les pèlerins à aller y faire leurs dévotions[2].

En somme, c'est le prieuré de Saint-Victor dans les Aliscamps qui apparaît le mieux indiqué pour profiter des légendes rapportées par le *Roman*.

Pourtant, si l'on retient certains faits de l'histoire de ce prieuré, certains passages de notre texte, l'aspect des choses change complètement.

L'importance donnée aux reliques ne semble pas avoir été prise en grande considération par les Bénédictins marseillais, puisqu'ils n'en disputèrent pas du tout la garde. Les conditions dans lesquelles s'en fit la translation à la cathédrale nous sont connues : c'est en grande pompe, avec le concours de nombreux prélats, qu'eut lieu la cérémonie[3]; d'ailleurs, aucun mandement, aucun acte émanant de juridiction supérieure n'indique que saint Honorat ait été contraint à cette cession; s'il la fit, ce fut donc après accord amiable avec la

1. Un privilège du pape Innocent II, en date de 1139, montre que les avantages attachés au prieuré de Saint-Honorat n'allèrent pas sans provoquer des protestations de la part de tiers, protestations qui semblent avoir été jusqu'à contester les droits de saint Victor, puisque le pape est dans l'obligation de garantir à l'abbé Pierre l'intégrité du prieuré dans les termes suivants : « ... per septuaginta continuos annos quiete possessam (ecclesiam sanctorum Genesii et Honorati) tibi tuisque successoribus roboramus et concedimus habendam. » [Guérard, *ibid.*, t. II, p. 230, n° 845.]

Quelque temps avant l'acte cité de Raymond de Bollène, en 1166 également, les chanoines de la métropole affirmèrent avoir des droits sur l'église des saints Serges et Bacchus, dépendance de Saint-Victor. L'archevêque ouvrit une enquête dans laquelle furent entendus de nombreux témoins. Sur les dépositions de ceux-ci, qui appuyèrent tous les prétentions des chanoines, Saint-Victor fut dépossédé de son église. (Albanès, *ouvr. cité*, col. 239, n° 612.)

2. *Codex de saint Jacques de Compostelle*, édit. Fita, chap. VIII, p. 20; Paris, 1882.

3. Voyez la relation dans Albanès, *ibid.*, p. 222, n° 568.

cathédrale. Cet abandon des reliques concorde avec la pauvreté en laquelle semble tomber peu à peu le prieuré dans la seconde moitié du XIIe siècle. On connaît à ce sujet la lettre-circulaire, en date de 1205, de l'archevêque d'Arles, Michel de Mouriès, adressée à tous les prélats de la chrétienté, pour leur demander aide afin de faire réparer l'église Saint-Honorat qui tombait en ruines[1]. Pour que l'archevêque sollicitât de tels secours, il fallait nécessairement que Saint-Victor de Marseille, fort riche à cette époque, se fût détachée presque complètement de la plus importante de ses possessions arlésiennes.

Les termes du préambule du *Roman* montrent qu'il en était ainsi. L'auteur en veut à ces moines qui, par leurs fautes et par leur avarice, ont d'abord perdu les avantages qu'ils possédaient dans Aliscamps, ensuite ont laissé péricliter la vogue du célèbre cimetière. Plus loin, l'on constate encore que non seulement les membres arlésiens de Saint-Victor se soucièrent peu d'exploiter les légendes qui composent le *Roman*, mais encore qu'ils les avaient remplacées par d'autres, moins estimables et surtout moins respectueuses envers saint Trophime. Il est dit, en effet, que les possesseurs les plus importants d'Aliscamps, « per que tiron ad els totas las gens », ont inventé de fausses histoires, qui sont allées jusqu'à faire oublier la vraie, la sainte tradition : la consécration de l'antique cimetière par Jésus-Christ lui-même. Si l'on ajoute à tout cela que jamais saint Honorat n'est cité dans notre texte, la preuve sera faite de la non intervention de saint Victor dans sa composition. Reste à savoir si Montmajour montra la même indifférence.

En 1205, lors de la croisade contre les albigeois, le légat Rodolphe, cistercien de Fontfroide, envoyé en Provence par Innocent III, se rendit à Montmajour afin d'enquêter sur l'état d'esprit qui régnait dans l'abbaye. A cette occasion lui furent présentés des documents se rapportant à l'origine de celle-ci, d'après lesquels il conclut qu'elle avait été fon-

1. Albanès, *ouvr. cité*, p. 310, n° 773.

dée par saint Trophime[1]. Ce qu'étaient ces pièces, nous n'en savons quelque chose que par les indications que nous en ont laissées les historiens du vieux monastère d'Arles : D. D. Chantelou[2] et Estiennot[3].

Chantelou, fort justement, les jugea apocryphes. Son jugement s'explique par la découverte qu'il fit des actes souscrits par Teucinde vers 974, actes par lesquels la pieuse femme cédait, en fin de compte, à des religieux, l'île de Montmajour pour y édifier un monastère[4].

Estiennot ne fut pas du même avis. Délégué quelques années plus tard pour rechercher les documents nécessaires aux travaux historiques de l'illustre Compagnie de Saint-Germain, il écrivait à Mabillon qu'après avoir compulsé, à son tour, les documents se rapportant à l'origine des maisons de leur ordre situées dans les provinces ecclésiastiques d'Avignon et d'Arles, il avait été amené à conclure que Chantelou s'était trompé en faisant état des actes de Teu-

1. Chantelou, *ouv. cité*, lettre du légat, f° 168 r°.

2. *Mons-Major, seu Historia monasterii sancti Petri Montis-Majoris secus Arelatem in provincia, ordinis sancti Benedicti, congregationis sancti Mauri.*

Le meilleur ms. de cette histoire est celui auquel nous avons déjà renvoyé souvent (B. N., lat. 13915). Il appartint jadis à Montmajour, d'où il passa dans les mains de Denys de Sainte-Marthe (Le Long, *Bibl. de la France*, t. I., p. 758, n° 12209), qui l'utilisa pour la notice consacrée à l'abbaye arlésienne figurant dans *Gallia christiana* (t. I, p. 603). Les principales copies qui en ont été faites ont été signalées par M. Marin de Carranrais dans l'extrait en français qu'il a donné du livre de Chantelou intitulé : *L'abbaye de Montmajour, essai historique*, p. 12, n. 2; Marseille, 1877.

3. A vrai dire, il n'a pas écrit d'histoire de Montmajour; mais nous possédons de lui deux forts recueils de documents concernant l'abbaye. Le premier appartient à la collection des *Antiquitates Benedictinæ*. Il est formé d'un grand nombre de documents relatifs aux maisons bénédictines des provinces d'Arles et d'Avignon, parmi lesquels ceux se rapportant à Montmajour (p. 97-128 et 295-318). Toutes les copies des pièces que renferme ce recueil sont probablement de la main même d'Estiennot. Le volume est aujourd'hui à la Bibl. Nat., ms. lat. 12762. Le second recueil, presque entièrement consacré à Montmajour, a été transcrit dans l'abbaye de Saint-Germain sur les copies faites en bonne partie par Estiennot d'après les originaux. Il forme le tome XXIX du *Monasticon Benedictinum* et est classé sous la cote lat. 12686 aux mss. de la Bibl. Nat.

4. Chantelou, *ibid.*, fol 19 v° et 30 v°.

cinde comme témoignage de la fondation de l'abbaye de Montmajour; pour lui, ces pièces n'indiquaient simplement qu'un transfert en ce lieu d'un monastère déjà existant[1]. Par ailleurs, il nous dit ce qu'était ce monastère : c'était celui mis sous le vocable de *Sainte-Marie*, situé dans une île suburbaine d'Arles, et dont la mention se rencontre dans plusieurs vieux documents arlésiens; cet établissement ayant été saccagé par les Sarrasins, la donation de Teucinde n'aurait été faite que pour permettre sa réédification dans un autre lieu [2].

De tout ceci, le point à retenir est le lien qui s'établit entre saint Trophime et le monastère Sainte-Marie, lien qui nous ramène de suite à notre légende.

Nous ne reviendrons pas sur la place qu'y occupe l'église dédiée à la Vierge et construite par Trophime; nous remarquerons seulement qu'il fonda dans son voisinage un beau moutier, ensuite que le lieu où se trouvait le tout nous est décrit de telle sorte que l'identification avec le monastère Sainte-Marie se présente de suite à l'esprit. D'après les documents connus par Estiennot, le monastère en question

1. « Je me suis rapporté en quelques lieux aux mémoires du P. Chantelou; mais, ayant examiné son histoire de Montmajour, j'ai trouvé des preuves convaincantes qu'il avait pris la translation du monastère pour sa fondation, et je ne vais pourtant qu'à grand scrupule contre les sentiments de ce Révérend Père, persuadé que je suis qu'il était fort habile homme et moi très peu... » (Lettre datée d'Avignon, du 1er mars 1679, dans Correspondance de D. Claude Estiennot, B. N., ms. fr. 19644, fol. 29 v°.)

2. ... Et ex illis (cartis) quæ supersunt id habemus, quod in insula suburbana conditum hoc archisterium (Sanctæ Mariæ) et a Sarracenis aliisve hostibus aut paganis pluries dirutum, tamdem cedente Montis-Majoris insulam Teucinda, Deo devota, eo in quo modo extat loco reedificatum fuit... » (*Antiq. Bened.*, B. N., ms lat. 12762, p. 97).

Suivant les termes de l'acte de donation de Teucinde, il est évident qu'une communauté était déjà établie à Montmajour lorsque la donatrice décida d'abandonner cette terre : « ... Teucinda, Deo devota, etc., cedo atque dono Deo omnipotenti, etc., insulam quam Monte-Majore vulgus vocitat, quæ mihi ex commutatione legalium mearum hereditatum, cum voluntate Manassei, archipresulis, et concensu canonicorum legibus obvenit; et est in commitatu Arelatensi ab urbe eadem miliario et semis, nec non et Beatæ Mariæ, Dei genitrici, et sancto Petro, apostolorum principi, quorum memoria in predicta insula veneratur et colitur et ad monachos qui ibi hodie sub imperio Moringi abbatis habitant, et in antea sub quorumlibet abbatum venturi sunt. (Edit. de Carranrais, *ouv. cité*, p. 149.)

s'élevait dans une île suburbaine d'Arles; dans la légende, c'est près d'un fleuve qu'est construite l'église Sainte-Marie, ainsi que la sainte maison où Trophime vit en grande compagnie (vv. 655-660). Évidemment, le rapprochement ne peut avoir de force que s'il s'appuie sur d'autres passages du texte où l'intérêt de Montmajour peut se déceler. De ceux-là est le premier épisode de la vie évangélique du saint : son débarquement dans la « Ville de la Mer » (les Saintes-Maries), possession de l'abbaye depuis 1080. Celui qui vient ensuite nous est donné par la relation des souvenirs que l'empereur Constantin a laissés à Arles et surtout par la relation se rapportant à la translation de son corps dans Aliscamps.

Ce dernier détail avait arrêté l'attention de Chabaneau :

Notre auteur, disait-il en substance, suit exactement le pseudo-Turpin; mais parfois, ignorant les noms des personnages qu'il rencontre, il les déforme bizarrement. Il est une erreur pourtant que l'on ne peut imputer à sa seule ignorance : la confusion qu'il commet entre le « Constantinus prefectus » de l'*Historia Karoli Magni et Rotholandi* et l'empereur de même nom, dont les dépouilles, suivant le *Roman*, auraient été apportées dans l'illustre cimetière d'Arles par un gros de cavaliers, est certainement voulue. Pourquoi l'a-t-il faite? A quel intérêt correspondait-elle? Nous ne saurions le dire, avouait Chabaneau[1].

1. Chabaneau, *ouv. cit.*, pp. 55, 74, n. 1, 2 et 3. — M. Fritz Goebel (*Untersuchungen über die altprovenzalische Trophimus Legende*, Inaugural-Dissertation, Marbourg, 1896, p. 20) a proposé un rapprochement entre le passage qui nous occupe et celui fourni par un ms. français du XIIIe siècle, le ms. de la Bibl. Nat. portant la cote : fr. 13565. Ce livre, un abrégé de l'Histoire de France, fut « composé en latin sous le règne de Philippe Auguste et traduit en français par l'ordre d'Alphonse, comte de Poitiers et frère de saint Louis ». — Cf. les *Historiens de France*, t. XVII, p. 428. Voici, dans son entier, le passage désigné sommairement par M. F. G. :

« *Costentins, l'empereur et sires de Rome, fu aportés à Rome par mer et mout d'autres cors puillois et romains et aveques enterrés; por les âmes de tous iceux devant nommés, donna li roi Challes à Arlles XII mile onces d'argent aux povres et autretant de besans* (f° 127 r°). »

Pour le composer, l'auteur avait sous les yeux la variante du pseudo-

Une tradition légendaire qui a passé jusqu'à ce jour complètement inaperçue va nous l'expliquer.

Dans l'église du château de Miramas, possession de Montmajour depuis 1149 environ[1], situé à l'extrémité orientale de la Crau, on montrait, vers la fin du XIIe siècle, les reliques de Constantin et de sainte Hélène[2]. Le *Roman* nous fait

Turpin dont s'est servi l'auteur du *Roman*. Tous les deux, en effet, au lieu des talents d'or que, suivant la vulgate du chapitre XXIX de l'*Historia Karoli Magni*, Charlemagne donne pour ses aumônes, nomment des *besans* (V. p. 15, n. 1.)

Le transcripteur de la copie sur laquelle a été faite la traduction française, ou bien encore l'auteur de cette traduction, connaissait les bonnes leçons du pseudo-Turpin, car il s'en est souvenu et les a fait passer dans son récit. Dans ce récit, les restes de Constantin sont transportés à Rome, comme dans le texte connu du pseudo-Turpin. La relation en devient incompréhensible, parce qu'il est impossible de croire que le corps de Constantin empereur pouvait être en la possession de Charlemagne à son retour de Roncevaux.

1. *Monast. Bened.*, *ibid.*, fol. 39 v°.

2. Compilat. Bonnemant. *Paroisses, églises et chapelles séculières de la ville et du diocèse d'Arles* (ms. de la Bibl. municipale d'Arles). Cité dans le *Catal. des mss. des Bibl. publiques de France*, t. XX, Arles, p. 414.

Aujourd'hui encore un quartier de Miramas porte le nom de « Constantine »; c'est le lieu même où est établie la gare de la localité. On a supposé que ce nom était de fraîche date et avait été donné à l'endroit en mémoire de la prise de Constantine en 1837. Cette explication est absurde. Lors de la prise de Constantine, le quartier de la gare de Miramas faisait partie de la Crau; il n'y avait en ce lieu qu'une seule maison, qui existe encore: c'est l'hôtel-restaurant placé sur la rive droite de la route d'Istres à Salon et que l'on rencontre dès qu'on a traversé le passage à niveau, à droite de la voie ferrée. Il va sans dire que cette modeste habitation, alors fréquentée par les bergers des transhumants, perdue parmi les cailloux roussis de la Crau, n'avait rien qui pût fixer le souvenir de la victoire du général Valée et attacher le nom de Constantine au lieu où elle s'élève; d'ailleurs, au XVIIe siècle, ce nom existait déjà. Bouche l'a connu; mais, convaincu qu'il ne pouvait désigner que l'emplacement d'une ville de l'antiquité, il l'a déplacé dans la direction est de Miramas pour l'attribuer à un lieu riche, dit-il, de vestiges de l'occupation romaine, placé entre Lançon et Calisanne. (Bouche, *Chorographie et Histoire de la Provence*, t. I, pp. 168-69; Aix, 1664.)

L'indication est précise et, si l'on s'y rapporte, on constate que le lieu en question, correspond aux ruines d'une enceinte fortifiée, probablement d'époque gallo-romaine, situées sur l'escarpement de rochers qui domine au nord le village de Calissanne. Papon, remarquant que l'on ne trouvait dans cette enceinte aucun vestige de constructions, supposait qu'elle avait été simplement un camp retranché construit par les habitants de *Calcaria* des Tables de Peutinger, station qu'il localisait sur l'emplace-

savoir comment elles furent transportées à Arles, et par suite, implicitement, comment elles se trouvaient à Miramas, car l'explication de leur présence en ce lieu ne souffre plus aucune difficulté.

C'est à Montmajour encore que nous ramène l'auteur lorsqu'il rappelle les traditions d'épopée que parmi tant d'autres, évoque Aliscamps. Car, — fait bien caractéristique — les traditions dont il parle ne sont pas celles que l'on serait en droit d'attendre, celles chantant les exploits du comte Guillaume, le « marchis au courb nez », et de son neveu Vivien, mort sur le champ de bataille que fut la sainte nécropole, enseveli dans l'église Saint-Honorat. Non; il y substitue celles qui se rapportent à Charlemagne, célébrées par l'inscription de la chapelle Sainte Croix[1].

ment actuel de Calissanne. (Papon, *Histoire générale de Provence*, t, I, pp. 44 et 83-84.)

L'attribution, faite par Bouche, du nom de Constantine, au lieu dont nous venons de parler, a été admise jusqu'ici sans réserve; de Villeneuve (*Stat. des B.-du-Rh.*, t. II, p. 157) l'a acceptée; les auteurs de la carte du dépôt de la Guerre, concernant la région, ont fait de même. Mais rien n'autorisait Bouche à proposer son hypothèse; c'est sur de simples témoignages oraux, tenus des gens du pays, qu'il l'a établie, car, dit-il, aucun document écrit, de quelque époque que ce soit, n'existe sur Constantine.

Le nom de Constantine du territoire de Miramas se rattache, très probablement, à la mémoire des reliques de Constantin, jadis honorées en cet endroit.

1. Sur la date de cette inscription, les avis ont été partagés. Sans parler de ceux qui l'ont crue authentique, deux opinions se sont formées à son sujet.

La première, celle de Chantelou (*ouv. cité*, fol. 16 v°), était basée sur la croyance que l'inscription avait été exécutée vers 1400 dans le but de donner plus d'autorité à Montmajour dans ses revendications contre les hospitaliers de Saint-Antoine; cette opinion a prévalu jusqu'à nos jours. Millin déclarait même avoir vu chez le notaire Véran, d'Arles, un acte donnant la date exacte de sa fabrication, 1421. (*Voyage dans le midi de la France*, t. IV, p. 2, n. 3.) D. Dijon (*ouv. cité*, p. 322, n. 2) s'est rallié également à l'avis de Chantelou; M. Labande accepte aussi la même datation (*Congrès archéologique de France, LXXVI° session, tenu à Avignon en 1909;* guide, p. 167). M. P. Meyer, le premier, s'est inscrit en faux contre cette opinion. Après examen, il a conclu que l'inscription devait avoir été exécutée dans le courant du XIII° siècle, et pour confirmer la légende de la chanson de Tersin (*Romania*, t. I, p. 58) dont la partie épique de notre *Roman* n'est qu'une variante. M. P. Meyer a vu certainement juste. Il est bien évident que l'inscription répond plus exac-

A Montmajour aussi nous conduisent l'écuyer et ses parents que Charlemagne avait condamnés à mort, quand, sauvés par saint Trophime, ils abandonnent le service de l'empereur pour se rendre au tombeau du saint et se faire, en son honneur, moines, autrement dit membres de la communauté montmajorienne.

Tous ces témoignages sont assez concordants pour nous permettre de conclure que la rédaction primitive du *Roman* est sortie de la grande abbaye bénédictine d'Arles.

Cela admis, une question se pose.

Est-ce sur cette rédaction qu'a été copié le fragment de Florence qui nous a conservé les noms des saints Isidore et Andéol ?

Les deux manuscrits (P) de Paris et (F) de Florence ont une source commune, bien que copiés sur des textes indépendants[1]. La version originelle comprenait une traduction mot à mot de deux emprunts importants, réunis ensemble, faits à la légende de sainte Marthe suivant Mombritius[2]. Le manuscrit de Florence nous a conservé intégralement le passage; dans le même passage, au manuscrit de Paris, des lacunes importantes se sont produites, mais la survivance, sans altération, de plusieurs vers atteste l'identité d'origine[3].

tement aux préoccupations que pouvait avoir Montmajour dans le courant du XIIIe siècle et surtout au moment où fut écrit le *Roman de saint Trophime*, alors qu'elle redoutait les nouvelles entreprises de Saint-Victor, qu'à celles qu'elle pouvait avoir au XVe siècle, lorsqu'elle disputait contre ses adversaires de Saint-Antoine. Le *Roman* et l'inscription sont des compléments nécessaires l'un de l'autre : à mon avis, ils sont contemporains.

1. Cf. Zingarelli, *loc. cit.*, p. 304.
2. Voyez pp. 12, n. 1, et 13, n. 1.
3. C'est ainsi que la phrase comprise entre les vers 174-83, de l'appel de Trophime à saint Maximin d'Aix et à saint Eutrope d'Orange, les priant de venir à Arles pour rehausser de leur présence la consécration de l'église Sainte-Marie a été tronquée de la partie rappelant que cette invitation a été faite à Tarascon, après la consécration de l'église bâtie par sainte Marthe (vv. 175-76); mais le reste est demeuré intact (vv. 177-82). L'ensemble sortant de la légende latine de sainte Marthe, il est bien évident qu'une lacune s'est produite dans la transcription sur laquelle a été copié P, et que l'auteur de cette transcription avait sous les yeux un texte identique à celui de F.

En conséquence, ce dernier texte est certainement postérieur à la rédaction de celui d'où est sorti le fragment de Florence.

Que saint Isidore et saint Andéol y aient figuré dès l'abord, c'est également certain.

En effet, plus qu'en tout point de notre légende, là sont accumulés des renseignements précis nous faisant connaître quels sont les intérêts de Montmajour qui ont présidé à la composition de cette partie du récit : l'arrivée des émigrants palestiniens aux Saintes-Maries-de-la-Mer, la belle église qu'ils y construisirent, les deux saintes femmes inhumées au pied de l'autel, l'édification à Arles de l'église Sainte-Marie : tous renseignements qui emportaient forcément avec eux la désignation de ces biens de Montmajour qu'étaient aussi l'église arlésienne de Saint-Isidore et la *cella* de Saint-Andéol.

Par ses détails donc, le texte fragmentaire de la Laurentienne, s'il n'est pas un extrait de la rédaction primitive, nous fait remonter à une rédaction qui y est étroitement liée.

Jusqu'ici nous avons tenu pour négligeable la date à laquelle fut écrit le *Roman*. Elle n'était pas nécessaire pour déterminer la localisation de son origine; il n'en va pas de même si nous voulons connaître les raisons qui provoquèrent sa composition.

En 1212, Gervais de Tilbury termina ses *Otia imperialia*[1]. Dans cette œuvre sont mentionnées, parmi les reliques conservées à l'église des Saintes-Maries-de-la-Mer, celles de deux femmes que l'on appelle les deux Maries, sans plus[2].

1. Cf. Duchesne, *ouvr. cité*, t. I, p. 345.

2. D. Morin, dans l'une de ses notices consacrées à l'étude de l'influence de traditions auvergnates sur la formation de quelques-unes des légendes provençales suppose que les « deux Maries » citées par G. de T. ont été empruntées à une légende de saintes syriaques : sainte Thècle, sainte Enémie, sainte Marthe, saintes Mariamne et Marie.

Le fait qu'il y avait une église de sainte Thècle à Chamalière, un prieuré de sainte Enimie dépendance de Saint-Chaffre du Monastier, une église Sainte-Marthe à Tarascon, l'a porté à identifier les saintes Mariamne et Marie avec les « deux Maries » nommées par G. de T. (D. Morin, *Revue bénédictine*, 1909, p. 24 et suiv.)

Cette identification est insoutenable en présence du *Roman de saint*

Assurément, ce n'est pas par ignorance que G. de Tilbury ne les nomme pas autrement; si des détails plus précis avaient existé au moment où il écrivait, il nous les eût transmis, car il était en relations étroites avec Montmajour : ce fut, en effet, par son intermédiaire et sur ses instances que son maître, l'empereur Othon IV, octroya à l'abbaye l'acte de 1210 déjà cité, l'un des rares que nous possédions de cet empereur concernant la partie provençale de son empire[1].

Telle quelle donc, cette relation marque une étape dans le développement de la légende concernant Marie, mère de Jacques, et Marie Salomé, étape à laquelle n'était pas encore parvenue la croyance populaire lorsque fut écrit le *Roman de saint Trophime*[2].

Il nous apprend que, dès l'arrivée des émigrés palestiniens

Trophime. Les deux vierges qui s'y trouvent mentionnées ont été appelées, par la suite, les « deux Maries », simplement parce qu'elles ont pris le nom du sanctuaire où elles reposaient : *Sainte-Marie-de-Rads*. On a dit d'abord les deux saintes de Sainte-Marie, puis les deux saintes Maries; il n'y a eu, certainement, aucune influence littéraire dans cette appellation.

1. Cf. P. Fournier, *Le royaume d'Arles et de Vienne*, p. 96; Paris 1891.

2. La légende des saintes Maries a eu une évolution rapide : avant 1255, elle était déjà complètement formée. Durand de Mende cite les deux saintes par leur nom dans son *Rationale divinorum officiorum* (voyez *Act. Sanct.*, apr. I, p. 815, 1re col. B), écrit entre 1281 et 1286, alors qu'il administrait pour le pape les villes de la Romagne. (Cf Victor Le Clerc, *Hist. litt.*, t. XX, p. 419.) Parti pour l'Italie vers 1255, après avoir été clerc de l'église de Béziers et chanoine à Maguelonne, Durand ne reparut en France qu'en 1291, afin de prendre la direction effective de son diocèse de Mende, auquel il avait été nommé par compromis en 1285. Les croyances se rapportant à la particularité qu'il signale « in castro Sanctæ Mariæ de Mari, (ubi) est altare terreum quod ibi fecerunt Maria Magdalena et Martha et *Maria Jacobi et Maria Salome* », devaient exister du temps où il faisait partie du clergé de Béziers ou de Maguelonne. C'est du souvenir qu'il en a gardé qu'il fait part. On ne voit pas bien, en effet, ce haut dignitaire pontifical se souciant du cours que suivait la légende des deux Maries de la Camargue, au point de modifier ce qu'il eût pu en savoir s'il l'avait connue en l'état où elle était quand la consigna G. de Tilbury. Il eût fallu pour cela qu'un événement considérable se fût produit : miracles, reconnaissance officielle des reliques, toutes choses qui n'eurent pas lieu.

Marie Jacobé et Marie Salomé étaient donc déjà identifiées avec les deux « donas » du *Roman* quand Durand de Mende partit pour l'Italie, vers 1255.

dans la « Ville de la Mer », deux saintes femmes, mortes à ce moment, y furent inhumées, mais il ne nous donne pas leurs noms, et la narration se développe de telle sorte que nous ne pouvons supposer une lacune à cet endroit. Ce silence est révélateur. La première tentative ouverte pour fixer sur la plage des Saintes-Maries un souvenir évangélique a été faite en faveur de saint Trophime : c'est la mémoire de ce saint que le *Roman* a voulu fixer en ce lieu comme un de ses premiers mérites.

Mais une fortune contraire a changé l'ordre des choses souhaité par notre auteur : sur la grève où il le faisait aborder miraculeusement, saint Trophime fut oublié; par contre, les deux saintes inconnues inhumées à cet endroit bénéficièrent rapidement d'un culte célèbre. Aussi la pauvreté du poème provençal à leur sujet dénonce-t-elle l'époque où il fut composé. L'intervalle de temps est court; son *terminus ad quem* est antérieur à la version rapportée par G. de Tilbury, il faut donc le placer avant 1212; son *terminus a quo* est postérieur à la légende de sainte Marthe dans sa forme la plus développée, qui est de l'extrême fin du XIIe siècle[1], il faut alors le fixer aux environs de 1200.

Le début même du XIIIe siècle est l'époque où fut exécutée la rédaction originale du *Roman de saint Trophime*.

Quelle est la cause qui a porté Montmajour à exploiter la mémoire du fondateur de l'église d'Arles et, par suite, à écrire le *Roman?*

L'attaque directe du préambule contre Saint-Victor de Marseille nous l'indique clairement : démentir les prétentions de cette abbaye[2].

1. Cf. P. Meyer, *Notices et extr. des mss. de la Bibl. Nat.*, t. XXV, 2e partie, p. 501, n. 1.

2. Montmajour avait de sérieuses raisons de se prémunir contre les ambitions de Saint-Victor. Pendant le XIe s., des disputes sans nombre se produisirent entre les deux abbayes au sujet de possessions réclamées par l'une et l'autre maisons. En 1081, le comte de Provence, Bertrand, probablement dans un but politique, écrivit à Grégoire VII, accusant Montmajour, et particulièrement son abbé, de dérèglements scandaleux

La vieille légende de sainte Marie-Madeleine soutenue par ses filiales, celle de saint Lazare[1], celles qui gravitent autour de saint Maximin[2] sont ici pour la première fois ouvertement contestées. Pour la première fois s'affirme nettement le désaccord entre les traditions de Marseille et celles des Saintes-Maries-de-la-Mer. Jusqu'ici, la légende de sainte Marthe pouvait, à la rigueur, se concilier avec les diverses versions de l'arrivée à Marseille de sainte Marie-Madeleine : le *Roman* consacre définitivement le faux sens du passage de la légende de sainte Marthe mentionnant les premiers évangélisateurs des Gaules, parce qu'il localise nettement leur arrivée dans la « Ville de la Mer ».

qui appelaient une réforme profonde de la discipline. (Migne, *Patrol.*, t. CXLVIII, col. 631.) Le pape avisa aussitôt l'abbaye qu'il lui enlevait son autonomie et la mettait sous la dépendance de Saint-Victor, répondant en cela au désir formulé par la maison bénédictine de Marseille. (Guérard, *ouv. cit.*, t. II, p. 254, n° 860; Jaffé, *ouv. cit.*, n° 5212.) Le même jour, il adressait à celle ci un privilège dans le sens de sa décision. (Guérard, *ibid.*, p. 214, n° 841: Jaffé, *ibid.*, n° 5211.) Le 20 février 1089, Urbain II confirma l'acte de son prédécesseur. (Guérard, *ibid.*, p. 205, n° 839; Jaffé, *ibid.*, n° 5392.) Mais Montmajour n'accepta pas volontiers la perte de son indépendance. En 1095, lorsque Urbain II renouvela les privilèges de Saint-Victor, il fut obligé de faire suivre d'indications précises les termes conférant à cette abbaye l'exercice de ses droits sur sa sujette. (Guérard, *ibid.*, p. 208, n° 840.)

La mort, survenue avant juillet 1094, du comte Bertrand, avec lequel disparut la ligne directe des comtes héréditaires de Provence (cf. G. de Manteyer, *La Provence du Ier au XIIe siècle*, pp. 302-303; Paris, 1908), modifia sensiblement les sentiments du pape envers Montmajour. Dès 1096, Montmajour a reconquis sa liberté; peu de temps après l'acte en faveur de Saint-Victor, Urbain II lui octroie confirmation de ses biens, sans parler d'aucune sujétion. (Chantelou, *ouv. cité*, fol. 137 r°; Jaffé, *ibid.*, n° 5661.)

L'alerte avait été vive, et c'est afin d'en prévenir le retour, ainsi que pour se garantir de toute attaque qui aurait pu venir d'ailleurs, qu'en 1106 l'abbaye arlésienne demanda et obtint la protection de Pascal II; ce pape, en conséquence, menaça d'anathème quiconque porterait atteinte aux biens du monastère. (Chantelou, *ouvr. cité*, fol. 138 r°; Jaffé, *ibid.*, n° 5893.)

1. Édit. Albanès, *Gallia christ. nov.*, *Marseille*, n° 1.

2. Je classe dans cette catégorie la légende de saint Maximin, que nous a conservée B. Gui, les variantes de celle de Marie-Madeleine, la légende de sainte Marthe, dite de l'église d'Avignon, publiée par les Bollandistes (*Act. Sanct.*, jul., t. VII, p. 11, office d'octave; cité par Duchesne, *ouvr. cité*, t. I, p. 337).

Le poème provençal, en précisant le lieu de débarquement de la sainte patronne de Tarascon, renforce la légende propre à celle-ci, légende dont il provient, en partie, comme la légende de saint Lazare renforce celle de sainte Marie Madeleine, dont elle provient aussi.

Non seulement il attaque les légendes saintes attachées à saint Victor, mais il combat également celles que les moines marseillais viennent d'établir aux Aliscamps.

Vers le temps où il fut écrit, dans les premières années du XIIIe siècle, ces religieux avaient transféré depuis un certain temps des environs de Barcelone, dans l'antique cimetière arlésien, la localisation de la bataille de Larchant de la chanson de Guillaume[1]. Voulurent-ils donner ainsi un regain de notoriété à leur vieille possession? Sans doute. Mais Montmajour s'en émut, et notre auteur le fait bien voir.

Parlant du goût de ses contemporains pour les chevauchées, il leur reproche d'en oublier les pieuses traditions attachées aux Aliscamps. Il accuse de cet oubli ceux qui, s'y trouvant établis, « dison en lur sermons | qu'ilz sont tutz sans, (les corps reposant dans la nécropole) et lo lur eysament : | per que tiran ad els totas las gens | que non sabon la vera sagrason | que Jesus fes el sementari bon (v. 70-74) » | . Pour rétablir les bonnes croyances ; il racontera, lui, cette consécration,... mais il la fera suivre aussitôt de la chevauchée de Charlemagne combattant les Sarrasins dans Aliscamps même. Il narrera ces hauts faits parce que, malgré tout, il faut bien lutter contre le souvenir de ceux de Guillaume et de Vivien, chantés par la chanson d'Aliscamps, afin que Montmajour participe aussi amplement que possible à la floraison des traditions épiques dont Arles est devenue récemment le lieu d'élection.

Il y a là un exemple peut-être unique de substitution d'une légende épique à une autre, accomplie par un monastère au détriment d'une maison rivale. Quelles que soient les opi-

1. Weeks, *Recherches sur Aliscans*, dans *Romania*, 1905, p. 276. — J. Bédier, *Les légendes épiques*, t. II, p. 371 : Paris, 1908.

nions que l'on puisse avoir sur l'origine de nos chansons de geste, il est indéniable que nous assistons ici à un essai de récit épique conduit entièrement sous l'inspiration de moines.

Que les traditions mises en œuvre aient préexisté, c'est possible et même certain; mais de quelque façon qu'on les interprète, elles demeureront toujours liées à l'abbaye de Montmajour, soit qu'elles se présentent sous la forme de la chanson de Tersin, soit qu'elles remplacent dans les Aliscamps celles transmises par la célèbre légende des exploits de Guillaume et de son neveu.

Cette mauvaise composition qu'est le *Roman de saint Trophime*, tel qu'il nous est parvenu, est donc fort utile dans toutes ses parties pour les éclaircissements qu'elle apporte sur l'ensemble des légendes localisées dans la cité arlésienne. Faite par l'abbaye de Montmajour pour défendre son prestige contre les menaces et les prétentions grandissantes de Saint-Victor, elle a attaqué en bloc et d'un coup les traditions dont cette maison pouvait s'enorgueillir. Malheureusement pour Montmajour, la partie n'était pas égale : saint Genès d'Arles, confondu avec le patron des jongleurs, protégeait les gardiens de ses reliques, les moines de Saint-Honorat. Ceux de Montmajour ne purent éviter les effets, fâcheux pour leur cause, de cette protection. La forme littéraire du poème que nous leur devons en a souffert : elle est gauche et mal venue; mais à travers cette gaucherie se révèle un dépit dont l'expression nous est précieuse, car elle nous permet de reconnaître les vrais auteurs du *Roman* et de saisir le but qu'ils ont poursuivi en exploitant pour leur compte exclusif les mérites de saint Trophime.

Toulouse, Imp. DOULADOURE-PRIVAT, rue St-Rome, 39. — 521

www.ingramcontent.com/pod-product-compliance
Ingram Content Group UK Ltd.
Pitfield, Milton Keynes, MK11 3LW, UK
UKHW021212230726
13926UKWH00001B/466